내가 너를 사랑한다
고백했던 말은

김윤배 시집

문학세계사

열여덟 번째 시집을 엮는다.
뜨거운 것이 올라온다.

2023년 10월
시경재詩境齋에서 김윤배

차례

1

2

3

4

5

1

꽃말

연모한다고 말하기가 좀처럼 어렵다

어느 날 내가 죽었다면 말하지 못한 것을 후회할 것이다

내가 죽었는데 그걸 모른다면* 나는 내 죽음을 후회할 것이다

세상이 단순해져서 슬픔도 단순해진다

환청이 사라지고 말이 쏟아지는 환시가 심해졌다

새벽녘 불쑥불쑥 나타나는 비명이 목숨이었다

언젠가는 모든 숨들이 멈춘다는 걸 노을이 전해주었다

생은 들꽃 같아 눈에 띄지 않게 향기를 잃는다

꽃말의 아름다움이 삶과 죽음의 안타까운 경계에 박
힌다

　　*파블로 네루다『질문의 책』

백년 독자

내게 오래 사용 중인 서진이 있다

원형의 서진은 한 쪽은 동으로 반대쪽은 무늬가 선명한 대추나무로 만들어졌다 나무에는 백년 독자라고 음각되어 있다 모 출판사에서 백년 독자에게 준 선물이다 백년은 아니고 40년 가까운 독자이기는 하다 계절마다 받아 보는 책은 계간지라서 석 달을 두고 읽을 수 있다고 미루다 한 페이지도 읽지 못하고 폐휴지로 처분한 일도 있기는 하다

내 백년 독자 서진은 나보다 먼저 책을 읽고 있는 것이 분명하다 언제나 서둘러 다음 페이지로 이동한다 내 눈보다 항상 먼저다 나보다 먼저 메리 올리버를 읽고 에밀 아자르를 읽고 스티븐 네이페와 그레고리 화이트 스미스를 읽고 니코스 카잔차키스를 읽었다.

서진 속에는 그가 읽은 것들이 모두 들어 있어 묵직한 무게가 더 묵직해졌을 것이다

나는 백년 독자가 되지는 못한다

광曠

나무는 나무의 눈이 있다

구름은 구름의 눈이 있다

태풍은 태풍의 눈이 있다

나는 욥바*의 돌 속 십자가를 보지 못한다
나는 파블로 네루다의 『질문의 책』 속의 시안詩眼을
보지 못한다
나는 고흐의 구두 그림의 작의를 보지 못한다

내 청맹과니의 생은 저물고 손등으로 오래된 강물이
휘어져 나간다
강안의 내 뼈들은 무너져 강물에 잠겨 있다

내가 나의 눈동자를 보았다면 가슴으로 열리는, 뷰
바인더 없는 카메라였을 것이다

눈동자 없는 내 세상은 휘황찬란한 어둠이다

*예루살렘에서 북서쪽으로 56㎞ 떨어진 지중해 연안의 항구로
기독교의 성지

지하창고의 비밀

*

로맹 가리는 입에 권총 총구를 물고 에밀 아자르를 생각했다

한물간 로맹 가리는 신예작가 에밀 아자르에 환호하는 평론가들에게 수없이 미친 것들, 눈먼 것들, 귀 막은 것들이라고 경멸했다

*

젊은 날 엉덩이로 살았던 창녀 로자의 늙고 뚱뚱한 삶은 모모의 대책 없는 삶과 서로 삼투한다* 그렇게 서로는 핏줄과 핏줄을 흘러 뜨거운 심장으로 간다

지하창고에서 죽음을 맞는 로자를 모모는 끝까지 지킨다

모모에게 로자는 엄마고 누나고 연인이다

차가워지는 로자의 얼굴에 수없이 키스하고 검게 변

하는 얼굴에 화장을 시키고 시취를 없애기 위해 주머니를 털어 여러 병의 향수를 사들이는 모모는 비로소 슬프다

로자가 이스라엘로 떠나는 비행기에 올랐다는 모모의 말은 거짓말이다

로자는 아마도 지하창고에서 자신의 몸이 육탈되고 뼈만 고스란히 남은 모습을 보게 될 것이다

모모는 어른이 되어서도 하루에 한 번씩 로자를 보러 올 것이다

*에밀 아자르『자기 앞의 생』

떠난 자만이 돌아올 수 있다

민들레 꽃대 끝 동그란 홀씨가 작은 바람에 흔들린다

잠깐 사이, 민들레 홀씨들이 바람을 타고 떠난다

얼마나 설레는 떠남인지, 낯선 땅에 꿈을 내려 설레는 아침을 맞고 부드러운 저녁을 기다리게 될 정착의 시간이 기다리고 있을 미지는

떠남이 있어 세상이 환해지고

연둣빛으로 물들어 가는 환희로움을 맑은 하늘에 펼치게 될 민들레 홀씨다

오월 어느 햇빛 찬란한 날, 홀씨로 날아와 다소곳이 내려앉을 때 바람도 멈추어 서서 미소 지을 것이다

떠난 자만이 돌아올 수 있다

몽유, 혹은 검은 대륙

나는 구름을 밟듯 몽유의 발걸음을 내딛고 있었다 마취가 풀리지 않은 외과 병동의 비탈길은 아득하고 멀었다

떠나는 사람에게 무슨 말을 했는지 기억나지 않지만 눈동자가 커진 것을 알았다

안개 속에서 주고받은 말들을 기억하라는 것은 고문과 다름없다 안개의 말이었으므로 주어가 생략되었다 주어에는 죽음도 삶도 있었다 환생까지는 모르겠다

그녀는 환생이라면 앵무새나 사막여우가 될 것이라고 웃으며 말했다 그녀는 태몽을 잘 꾸었다 어떤 때는 알을 낳기도 하고 어떤 때는 돌을 낳기도 했다

그녀는 좋은 모습만을 기억하기를 원하지만 뜻대로 되는 것은 아니다

활처럼 휘던 허리라던가 목젖이 보이던 웃음이라던가 등 뒤로 잡던 손이라던가 특히 깊은 눈동자는 잊을

수 없다

떠났어도 남아 있는 것들은

대륙의 미소고 검은 밤이다

획扈

뼈와 살이 분리되는 소리 듣는다

비 내리는 밤이면 선명하게 들린다

달 흐린 밤에는 애달프게 들린다

흐느낌인가 하면 통곡이고 바람 소린가 하면 고양이
울음소리다

육탈의 시간을 보내며 뼈는 얼마나 아프게 꺾이겠는가

뼈마디로 바람 들고 별빛 쌓이고, 애절한 시간은 누
렇게 변해 죽은 자의 이름은 흐려지는 것이다

마지막까지 뼈를 놓지 않던 힘줄에 핏물이 스며 검게
변한다 불끈불끈 일어서던 힘줄이었다

힘줄은 생명이었다

며칠째 뼈와 살이 분리되는 소리가 들리지 않는다

육탈이 끝나면 무엇이 살과 뼈를 서로

질문하는 돌

농소를 가겠습니다

가서 몽돌의 질문을 듣겠습니다

얼마나 많은 질문을 몸 안에 숨겼는지 듣겠습니다

수억 년의 파도 소릴 들으며 어디서 와서 어디로 가
는가
어찌 파도는 거친 돌들 서로 껴안게 하는가
돌의 몸 안으로 파고드는 바람을 뜨겁게 안아도 죄는
아닌가
뜨거웠던 몸이 차갑게 식는 것을 변심이라고 읽어야
하는가
세월의 무늬가 몸 안에 새겨지는 동안 발자국 소리는
어디로 가는가
빗소리가 좋아 몸 열 때 오는 파도를 어찌해야 하는가
여자가 울며 던진 탯줄은 어디로 흘러가 생명이 되는가

몽돌은 질문 가득한 눈빛으로 해안을 환하게 비춥니다

농소는 아직 멀리 있습니다

당신은 내 피를 맛보았다

당신은 내 피를 맛보았으므로 나를 말할 수 있다

내 피를 맛보지 않고 나를 말하는 자들은 사이비다

나를 말하는 자들은 많다

그자들은 내 피를 맛보지 못했다

내 피는 녹색이다 피멍은 적록색이다

내 피를 맛보지 못한 자들이 나를 말하면 피멍이 든다

내게 세상은 고통이었으며 분노였으며 죽음이었다

내 피를 맛보지 못했으므로 어둠 속에서 어둠으로 살아가며 어둠을 노래할 것이다

어둠의 노래는 어둠 속으로 사라지는 눈물일 것이다

당신은 내 검은 피를 맛보았으므로 나를 말할 수 있다

내가 당신이니까

쓰러지는 숲

먼 데서 간헐적으로 기계음이 들렸다

그 소리는 점점 가까이 들렸다

전동 톱 소리였다

톱 소리가 커질 때마다 아름드리나무가 쓰러졌다
울창한 숲이 무너져 내리는 현장은 살벌하다
벌목 노동자들은 오로지 나무들을 쓰러뜨리는 것이
생계의 시작이고 끝이다

무얼 물어도 대답이 없다

사유하는 산책로를 내주었던
여러 편의 시상을 내게 주었던
나무 이름을 몰라도 불러 세우지 않았던

숲은

더 많은 가지들로 바람을 안고 싶었을 것이다

그 희망이 전동 톱날 아래 찢겨나가며 뿌리를 움켜쥐었다

새싹이 나온다 해도 숲까지 백 년이다

숲은

더 큰 세상을 향해 나가고 싶었을 것이다

이제는 갈 수 없는 허탈한 꿈이다

미래

*

자작나무 가지를 흘러내리던 바람과 햇살이 멈춘 곳에 커다란 옹이가 생긴다

옹이는 내 생각이다

곤줄박이 새들이 바라보는 세계의 색깔은 변화무쌍이다

이제는 우리라고 말할 수 있다

자작나무는 곤줄박이에게 둥지를 주지 않는다

자작나무는 순백의 영혼을 가졌다

새들에게 영혼을 들키기 싫다

허리가 길고 흰 것은 그 때문이다

새들은 혀 안에 세상을 가둔다

누가 세상을 향해 혀를 휘둘렀는지 아는 별들이 눈을 깜박인다

별들을 씹었다 단맛이 차오른다

세상은 쓴맛이고 세상은 씹히지 않는다

*

미래라는 말이 내게 온 것은 흰 눈 때문이다

흰 눈을 보는 순간 미래라는 말이 떠오른 것이다

내 미래는 눈이 녹는 순간까지다

정한의 기록

번개가 치고 나간 상처를 숨기지 않는다

나무의 상처는 핏줄이고 정한의 기록이다

핏줄에 그믐달이 뜬다

메일은 오늘도 오지 않았다

대륙을 건너야 하는 바람이다

하루는 희망이고 하루는 허망이다

상처 입지 않은 나무는 없다

나무는 상처의 힘으로 솟구친다

거목은 상처를 숨겨 백 년이다

그리움이 백 년이면 광풍에도 흔들림이 없을 것이다

정한이란 그렇게 뿌리에 닿아

몸살로, 미열로

그 숲에 다시 들 수 있을까

바람 부는 날, 그 숲에 들었다

파블로 네루다 시집 『질문의 책』을 읽은 날이었다
나무와의 대화는 질문으로 시작되었다
서산이 붉어진다
나무 그림자들이 등성이를 넘는다
잠깐 사이 나무들은 키를 늘여 가보고 싶은 곳에 닿
는다
나무들의 그림자에 가위눌려 질문을 접는다
숲을 나올 때 숲이 내게 물었다
무얼 생각하고 사는가
대답하지 못하고 숲을 나섰다
뒤에서 바람에 실린 숲의 말이 들렸다
짧아 몇백 년, 길면 천년이야

그 숲에 다시 들기 어려워졌다

붉어지는 하늘에 무지개를 띄울 수 없는
날의 우울은 어둠을 묶을 수 있을까

자작나무숲이 타오른다

불꽃은 무섭게 호수로 쏟아지는데 자작나무는 타지 않는다

먼 곳에서 우렛소리가 들렸다

가야 할 길이 많이 남았다

길 끝에 어떤 낭떠러지가 기다리고 있는지 모른 채 길은 어두워진다

사내는 검붉은 어둠 속에 서 있다

사내가 느릿느릿 검붉은 노을 속으로 사라진다

사내는 노을로 들어가 조용히 누울 것이고 노을은 무거워져 사내를 덮을 것이다

검붉은 노을을 흔드는 바람 소리가 세차다

펼쳐놓았던 페이지가 사라졌다

붉어지는 하늘에 무지개를 띄울 수 없는 날의 우울은
어둠을 묶을 수 있을까

영혼이라는 새가 지하를 날게 되면
먼저 무엇을 보았을까

지하를 걷는 문장을 본 후 모든 문장들이 지하에 갇혀 있다는 걸 알았다

지하에는 보후밀 후라발도, 모니카 마론도, 페테르코 가르시아 로르카도, 루벤 다리오도 살고 있었다

그들은 문장들을 자르고 찢고 붙이는 작업에 열중했다

문장이 더 어두워지기도 하고 더 밝아지기도 했다

언제까지 그 지루한 작업을 하게 될지 그들도 모른다

지상의 문장은 미완인 채 지하로 드는 것이다

영혼은 새가 되어 지하를 날아다닌다

새가 앉았다 떠난 자리에 사원이 서기도 한다

사원의 문이 굳게 닫힌 후 그들도 닫힐 것이다

2

누가 검은 눈물로 울고 있다

누가 검은 눈물로 울고 있다

울음은 잦아들었다 커지고 잦아들고 커지기를 반복했다

서러움은 아닐 것이다 가슴 도려내는 비애도 아닐 것이고 상실도 아닐 것이다

저 간헐적이고 지속적인 울음은 자신의 몸 곳곳에 숨겨져 있던 허술한 생의 하염없는 분출일 것이다

눈물이 검은 이유는 타들어 간 가슴 때문일 것이다

저렇게 울 수 있는 것이 축복은 아닐까

울고 싶어도 울 수 없는 사람이 있다

항상 기다리는 나는
아무도 기다리지 않는 사람보다 덜 슬플까

여인은 대륙을 건너오는 중이다

대륙에는 오래된 검은 목각 인형이 있고 검은 슬픔이
있다

여인에게 빗소리는 중후한 교향곡이고 찬란한 햇빛
은 여인의 스커트다

여인은 망고나무 아래에서 고국의 눈 온 새벽, 순백
의 무지개를 그린다

여인은 나를 저격한다

나는 매일 죽고 매일 살아난다

영혼이 어떻게 메마른 사막을 통과하는지 보았다

내 영혼은 사막을 건너지 못하고 있다

밤과 밤이 겹쳐 오고 있다

항상 기다리는 나는 기다리지 않는 사람보다 덜 슬플까

영혼의 뿌리

내가 매일 찾는 숲은 겨울이다

전나무 한 그루 한 그루에 눈을 맞추며 걷는 숲이다
전나무를 솟구치게 하는 뿌리의 힘을 생각하며 걷는 숲
이다 전나무 붉은 바늘잎들이 덮고 있는 겨울 뿌리는
언제 깨어 일어나 물줄기를 가지의 끝까지 밀어 올려야
하는지를 어떻게 알까 생각하며 걷는 숲이다

영혼의 뿌리가 얼어 있는 나는 전나무 숲에서 치유를
시작한다 전나무 둥치를 안고 얼굴을 부빈다 너 얼었
구나 너 얼었구나 조용하고 따뜻한 말소리가 들린다 내
말인지 나무의 말인지 모르겠다 나무의 말로 듣는다

입술을 나무속으로 밀어 넣는 보이지 않는 힘은 어디
서 오는지 모르겠다

겨울 숲은 불끈하는 뿌리의 저 힘으로

보이지 않는 힘

너를 움직이는 보이지 않는 힘이 있다

늘 선택의 기로에서 너를 움직인 것은 네가 아니다
선택은 보이지 않는 힘에 의해서였다
고민은 너의 몫이었지만 선택은 보이지 않는 힘의 몫
이었다

너의 붉은 입술을 죄의 호수 속으로 불러들인 보이지
않는 힘이다
너는 얼마나 많은 고뇌로 불면이었을지를 말하지 않
는다
불면 너머의 선택은 너의 의지가 아니라 보이지 않는
힘이었다

그걸 숙명이라고 말하면 안 된다

보이지 않는 힘은 어디서 오는지 모른다
두려운 것은 그것이다
어디서 어떤 모습으로 오는지 모르는 보이지 않는 힘

은 위험하다

그 위험으로부터 벗어날 길은 죽음 같은 고요

혹은 우주적 상상력

지하 묘지마다 누워 있는
시편들의 미라를 어둠이 열고 있다

언제까지 쓸 수 있을까

꼭 넣어야 할 시어가 생각나지 않아 사전을 펼치는
일이 잦다

무한 질료라고 생각했던 어휘들의 소진이 눈에 보이
는 것이다

보이는 것 너머를 볼 수 있어야 한다는 강박이다

고뇌 없이 가닿을 수 있는 곳은 없는 것이다

내가 나를 속이면 세상은 나를 더 아프게 속인다

지하 묘지에 미라로 누워 있는 무수한 시편들은 누군
가의 고뇌다

누워 있는 시편들의 미라를 어둠이 열고 있다

탈출

멀리 갔다 돌아오지 않는 내 영혼은 톈산 산맥 어디 쯤에서 길을 잃었거나

눈 덮인 시베리아의 끝없이 펼쳐진 자작나무의 바다에서 길을 잃었거나

했었을 것이다 지쳐 돌아온 내 영혼을 내가 내려다본다

영혼은 나를 가두는 감옥이다

영혼이 헐벗고 초췌해지면 내가 영혼을 탈출한다

투명한 밤으로 천을 짜는 여인이여

투명한 밤으로 천을 짜는 여인이여!

당신 손끝으로 밤이 오고 연모가 오고 기다림이 오고 서러움이 오고

당신 손끝으로 두툼한 손바닥을 확인하고 목소리의 성문을 확인하고

당신 손끝으로 남은 시간의 시침을 만져보고 태양의 길이를 재어보고

투명한 밤이 니제르강물에 그리움처럼 내리고

언약은 손목과 손목을 묶은 붉은 끈이어서

이곳이 기다림의 땅이면 그곳은 설렘의 땅이어서 피가 마르고

기다리는 동안 눈이 멀고 귀가 들리지 않아도

니제르강물 소리는 나를 흐르고 흘러

영원으로, 영원을 향해서

한순간을 날기 위해

가두었던 유리 상자를 깨고 날아오르는 종이학들

유리 상자는 정념의 성채, 혹은 기원의 궁전

몸은 성채고 궁전이었으니

마음은 어둠이고 환생이었으니

살아서 마지막 노래가 될 비가悲歌를 달빛 가장자리
에 필사하고

학만큼 살아서, 학으로 살아서, 학이 되어서

날 기다리는 것으로 연모는 끝나지 않고

숲을 건너가는 울음을 귀 막을 수는 없고

귀는 세상이며 꿈이며 혼돈 너머의 빛이니

날 수 없는 날개는 끝내 날 수 없고

한순간을 날기 위해 종이학의 날개에 피가 돌고

먼, 먼

너의 입술은 석류였다

살아서 너를 만나 어찌 그리 냉담했는지 물어야겠다

광야에서 광야로 갔다 어둠에서 어둠으로 갔다 절망
에서 절망으로 갔다

광야의 밤은 별 무리의 혼돈하는 역사다

기다림은 형벌이었다

광야에서 혼절하기를 여러 번, 형벌은 가혹했다

그리고 우리라는 말의 비밀함이 자란다

나이 든다는 것을 붉은 노을로 확인하는 아침은 닫힌
석류의 계절이다

너는 무엇으로 석류의 세상을 열어 환희일지

내가 너를 사랑한다고 고백했던 말은

네게 가는 길은 말의 몽돌 밭이다

몽돌들은 보이지 않게 자란다 내 고백은 몽돌에 갇혀 숨 막힌다

목이 메고 가슴이 무너져 내린다

핏발 선 눈으로 하늘을 본다 하늘은 높고 무심하다

하늘은 몽돌을 보라 한다

그 말이 다 비수다 심장을 겨눈다 비틀거리는 심장이다

홍도 몽돌 해변에 널린 내 무수한 말들을 섬기러 간다

그곳에 네가 있다

너, 몽돌마다 영혼 불어넣어 고통이게 하는 사람이다

밤새 몽돌의 뺨을 후려치고도 몽돌이 용서되지 않는
바다는 나다

내 분노한 영혼이다

내 영혼이 아플 때

내 영혼이 아프다

너는 닿을 수 없는 꿈의 대륙에 있다

대륙은 너의 마음이고 생각이고 사유의 폭이었으니
건널 수 없는 광활한 대지였다

내 영혼이 나를 떠나 돌아오지 못하고 있다

숲의 정령이 숲을 떠났을 때 호수의 정령이 숲의 정
령을 찾아 밤마다 불빛을 따라 떠도는 걸 너와 함께 보
았다

그때의 언약은 두 손목에 채운 수갑이다 움직이는 감
옥이다

내 영혼이 아플 때,

너는 대륙에 있었고 잊혀져 있었고 웅장한 빗소리에

취해 있었고 니제르강물에 넋을 놓았고 밀림에 두 발을
담그고 있었다

노래하고 있었고 고국을 잊고 있었다

모든 영혼이 아픈 계절이다

하루

시간을 연다

시간은 부드러운 문을 달고 있다 문을 열면 문이 있다 그 문을 열면 또 문이 있다 문 뒤의 문이 열리고 또 문 뒤의 문이 열린다

겹겹의 문은 문이 아니다 망설임이다 혼돈이다 급류의 비명이다 부서지는 포말이다 사라지는 것들의 뒷모습이다 시간의 쓸쓸함이다

모든 문장들이 펄럭이며 도망간다

모든 광장들이, 모든 지하 묘지들이, 모든 감옥들이 도망간다.

혁명의 전조다. 재앙이다.

내가 나를 낳는다 무수한 문장의 복제다 나를 낳는 것은 나만이 아니다 바람이 나를 낳는다

나는 현세고 과거고 미래다 내 안에 그 모든 것들이
있다 언제 어떻게 충돌하고 폭발할지 몰라 나는 전전긍
긍이다

노을이 두렵다 타들어 가는 도화선이다

절멸

미선나무 흰 꽃이 무더기로 피었다

미선나무는 그림자를 희게 만들어 꽃받침으로 매달 모양이다

꽃 그림자와 꽃이 함께 사라지는 순간을 이번 봄에는 꼭 볼 것이다

미선나무 흰 꽃은 환한 순간을 노려 낙화의 길을 열 것이다

그 절멸의 찰나를 누구에게도 보이지 않은 미선 꽃이다

그 후는 사라진 목소리의 시간이다

그걸 해독하는 데 오래 걸리지 않았다

순수의 환한

3

미몽

남해 금산을 갔다

아무리 보아도 돌 속에 묻혔다는 여자가 보이지 않았다

돌 속을 떠나가는 여자는 볼 수는 있었다

내 여자였다

미몽이었다

그녀는 돌 속에서도 떠나고 파도 속에서도 떠나고 불 속에서도 떠났다

심지어 내 가슴에서도 떠났다

내 가슴이 돌이었다

내가 생의 끝 날까지 그리운 곳을 생각하게 될 것을 그녀는 알았다

산 그림자가 느리게 바다로 내려섰다

젊은 연인들이 남해를 내려다보다가 뜨겁게 안았다

갈매기가 높이 날아 올랐다

갈매기에게도 돌 속의 여자는 미몽이었다

상처 난 밤 속으로 호수의 잠들지 못한 마음이 펄럭이는 시간이다

어둠은 계속된다

어둠은 패배한 나의 하루하루를 황폐하게 만든다

흐름을 거스를 수는 없다는 걸 알아 더 크게 무너진다

사초를 기록할 사람은 나타나지 않았다

이미 패배의 쓴잔이 넘쳐 흐른다

패배가 승리라는 걸 언제 깨닫게 될까

여명의 빛이 겹겹의 산등성이를 드러낼 것이다

그 빛 속에는 승자도 패자도 없는 것이다

밤은 아직 차령을 넘지 않았다

상처 난 밤 속으로 호수의 잠들지 못한 마음이 펄럭

이는 시간이다

나는 생애의 끝까지
그리운 곳을 생각하게 될 운명이다

사람을 기다리는 것으로 계절이 흐른다

내 계절은 기다리는 것으로 청춘이다

어제 미선이 갔다

다시 올 거라고 약속하고 갔지만

그 당시에 내가 서 있을는지 알 수 없다

꽃그늘이 사라진다면 꽃이 사라진 것이고 꽃잎의 작은 흔들림 멈춘다면 바람이 멈춘 것이다

멈추는 것들이 두려움이라면 바람을 기다리는 것도 두려움이다

운명 아닌 것이 없다는 걸 알게 되었다

나는 생애의 끝까지 그리운 곳을 생각하게 될 운명이다

계절이 상한 냄새를 풍기는 것은
내가 쉽게 상하는 과일이기 때문이다

사월이 간다 상한 냄새를 풍기며 간다

계절이 상한 냄새를 풍기는 것은 내가 쉽게 상하는
과일이기 때문이다

나는 상하기 쉬운 나를 지키지 못했다

상하는 시간이 쾌락의 시간으로 온다는 걸 알지 못했
던 것이다

뼈가 상해서 나는 향내인지 모르고 도취의 시간은 오
래고 잠은 깊었다

아름다웠던 꽃들을 마음에 묻고 간다

울어줄 사람이 없다

달님은 검게 변하는 자신의 뼈를 위해 울고 있다

구름이 앓고 있는 병은
어쩌면 그리움일지 모른다

그 친구는 수십 년 만의 통화에서 핏빛 석양을 말했다

네 전화를 받으려고 그랬는지 서산이 붉게 타오른다고

구름이 앓고 있는 병은 어쩌면 그리움일지 모른다고

그는 고교 시절 가장 친한 친구였다 레슬링을 배우던 친구는 나를 눕혀 항복을 받아내는 걸 즐겼다 고교 졸업 후 수십 년 동안 소식을 알지 못했다 그가 원주 변두리의 전원주택에 살고 있다는 소문을 듣고는 살아 있었구나 생각했다 그때 찾아가지 않은 것이 후회스러웠다 그와의 관계는 늘 그랬다 불현듯 생각났다 사라지는, 그리고 한동안 생각나지 않는 친구였던 그다

고교 시절의 맑고 초롱했던 그의 눈빛을 구름이 앓고 있는지 모른다

구름이 앓고 있는 병은 어쩌면 그리움일지 모른다

가문비나무 숲에서 무슨 일이 있었는지

가문비나무 숲은 꿈이고 영지고 환상인 것을

가문비나무 숲은 며칠 밤의 열애인 것을

가문비나무 숲은 별들을 흔들어 쏟아지게 하는 것을

가문비나무 숲은 그리움의 다른 이름인 것을

가문비나무 숲은 돌아갈 거처인 것을

가문비나무 숲은 생의 기록인 것을

고국이 앓고 있는 역병을
어찌 말해야 좋을지 몰라 벚꽃 계절을 버렸다

역병이 번지듯 벚꽃 계절이 번지고 있다

검은 대륙에도 역병은 있어 검은 마스크는 밤마다 크기를 더할 것이다

그곳에는 벚꽃 계절이 없어 환한 대궐을 볼 수 없겠다

침실을 벚꽃으로 채워 잠들게 하고 싶다

벚꽃은 환하게 타오르는 마음이고 화르르 지는 정념이어서

번질 대로 번진 후에 고요해지는 육신의 화엄인 것을

고국이 앓고 있는 역병을 어찌 말해야 좋을지 몰라 벚꽃 계절을 버렸다

버리고 나서 지옥인 것을 알았다

벚꽃 계절이었으니, 잠시 환한 몽환이었으니

이 험난한 시절에 눈동자를
놓아서는 안 될 것이다

수상하다고, 두렵다고 염원을 멈출 수 없다

염원은 살아 있다는 증거고 서로를 향해 서 있다는
증험이다

구름이 헐벗은 채 준령을 넘는다

바람을 건너오는 사내가 있다

사내는 헤진 가슴을 바람에 내어준다

바람은 험난한 시절을 건너는 다리다

사내의 눈동자는 충혈된다

험난한 길을 스스로 선택한 사람들의 용기로 세상은
더 험난해진다

이 험난한 시절에 눈동자를 놓아서는 안 될 것이다

마운틴 킬리만자로의 우흐르피크 빙벽

그녀의 마운틴 킬리만자로의 우흐르피크 빙벽을 생각한다

그녀는 빙벽을 밟듯 조심조심 걸었다

세상을 향해 파킨슨병을 앓고 있다고 선언한 이후였다

그녀의 마운틴 킬리만자로의 우흐르피크 빙벽은 지금도 녹아내리고 있을 것이다

거대한 빙벽의 에너지가 풍차를 돌리고 그녀의 비밀한 염원을 하늘에 새기고 있다

빙벽은 수억 년을 홀로였다 홀로여서 아름다웠고 홀로여서 푸른 정신이었다

그녀의 조심스런 걸음걸이 속에 푸른 정신이 있다

그 정신이 안나푸르나를, 킬리만자로를, 사하라 사막

을 얻게 했다

그 정신이 대관령의 꽃들과 가문비나무 숲을 얻게 했다

무엇이 그곳에 오래 서 있게 하는가

가문비나무 숲은 끝없이 이어졌다

바람이 가문비나무 숲을 매일 연주한다

가문비나무 숲은 바람으로 오케스트라며 바람으로
강물이다

가문비나무 숲을 운명이라고 말했지만 정말 운명이
있는 것인지, 서로 뒤에 숨기고 있던 꽃다발을 가슴으
로 밀어 넣었다 가슴이 아팠다 울음이 터졌으나 낙조가
더 붉었다 가슴 속에서 꽃잎들이 우수수 떨어져 내렸다

가문비나무 숲의 낙조는 파이프 오르간의 장엄한 미
사곡처럼 온몸이 전율이었다

전율에 걸려 그곳에 오래 서 있었다

가문비나무 숲을 건너가는 여러 갈래의 바람의 길들
이 보였다

오월의 가문비나무 잎마다 바람의 길이 새겨진다

언약은 벚꽃을 지우고 창문을 지웠다

언약이란 가혹한 형벌이어서 죽은 후에도 관속에 가시로 남는다고 그녀는 말했다

석남사는 유월이면 죽음의 색깔을 처마 밑에 깔아 시인의 눈동자를 키운다

검은 대륙에도 죽음의 색깔이 있어 검은 피부 위에 황홀한 연둣빛 색깔을 밀림의 길에 깔며 바람을 키울지 모르겠다

검은 어깨들이 들썩이며 황톳길을 덮는 행렬은 벚꽃 길을 지울 것이다 언약이었으므로, 언약이 벚꽃 길을 지울 거라고 말했으므로 서러울 일은 아니다

그날 창문을 지우리라고, 가슴의 창문을 지워 세상을 닫을 것이라고 말하지 않았으나 창문을 지울 것을 예감했다

창문을 지우지 않았다면 기적이다

가슴의 불덩어리를 쏟았다

가슴의 불덩어리를 쏟았다 주상절리로 섰다 바다는 주상절리에 머리를 처박았다

가슴의 불덩어리를 쏟았다 불덩어리는 절벽으로 섰다 절벽은 마음의 성채였다

가슴의 불덩어리를 쏟았다 불향은 오래 머물렀다 머무는 동안 별리를 말하지 않았다

가슴의 불덩어리를 쏟았다 희고 부드러운 대지가 붉게 물들고 밤이 왔다

가슴의 불덩어리를 쏟았다 눈동자에 불이 붙었다 불은 죽은 후에도 타올랐다

4

흰 손

기다리는 동안 대륙은 낡아갔고 내 혈관도 낡아갔다

더는 뜨거워질 수 없는 피였다

피가 식으면 노래가 멈췄다

물소리가 들리지 않는 밤이었다

어디쯤서 풍향이 바뀌었는지 말하지 않았다

가슴보다 더 흰 손을 찻잔 위에 놓았다

수종사 석탑이 조금 기울었다 눈빛 때문이었다

눈빛은 무엇이나 기울게 했다 강물은 눈빛에 약했다

눈빛이 윤슬을 세상에 드러내 모두를 놀라게 했다

강이 흐름을 멈추고도 흐른다는 걸 알았다

강물은 한참씩 멈추었다 떠났다

흰 손은 강물에 닿지 않아 허공을 한번 휘젓고 물속
으로 사라졌다

흰 손이 지금쯤 서해에 닿아 봄 햇살을 풀어놓을 것
이다

눈빛이 닿으면 종소리가 들렸다

종소리는 죽은 자의 잠을 깨우는 의식이었다

종소리는 수시로 들렸다

수시로 누군가 깊은 잠에서 깨어나는 것이다 미선나무도 잠에서 깨어나고 가문비나무도 잠에서 깨어나고 수리부엉이도 잠에서 깨어난다

깊은 잠에 든 여배우도 잠에서 깨어나 스크린으로 복귀할 것이고 생명 사상을 펼치다 깊은 잠에 든 시인도 잠에서 깨어나 원고지 앞에 앉을 것이다

봄이니까, 세상이 깨어나니까

눈빛이 어디에 닿아 종소리가 들리게 될지 알 수 없다

눈빛은 어딘가에 닿을 것이고 종소리는 들릴 것이다

절망하는 가문비나무 숲

수직으로 뻗어 올라간 욕망

까마득한 가지 끝에서 방황하는 바람

백 년이 지나도 사라지지 않는 두려움

먼 곳의 이름을 부르며 울던 밤들

서로의 몸뚱이에 기대 체온을 나누던 준령

스스로의 높이에 절망하는 가문비나무 숲

후포

첫 파랑이 일던 후포 바다는 청옥 빛이었다
바다의 마음이 격랑을 이루는 것을 보았다
보리가 익는 계절이었다
떠나고 돌아오는 일은 후포에서는 일상이었다
보리타작을 끝냈는데도 돌아올 사람이 돌아오지 않
았다
진혼굿을 펼치고 통곡하는 아낙의 몸부림을 보는 일
은 낭떠러지다
어판장은 사람이 돌아오지 않아도 성시였다
새벽 경매는 손가락의 빠른 문답으로 끝이 났다
산더미 같은 붉은 대게는 경매사들의 애환이다
붉은 대게를 놓친 경매사들은 오징어 경매에 혈안이
된다
빈손으로 돌아가는 일은 수치다
후포 바다의 물빛이 흑청으로 변한다
파도가 방파제를 덮는다
마음을 단단히 매는 일로 포구가 들썩인다

그 와중에 방어 한 마리를 사들었다

햇빛

네가 마지막 메일을 보내고 고국을 떠나던 유월은 내 겐 애린 계절이었다

혼자 병상을 정리하고 대학병원의 정문을 걸어 나갔다

햇빛이 찬란했다
어느 날 우리들의 격렬한 키스는 끝이 보였다 찬란이 병이었다

병실을 들여다보고 있는 나뭇잎이 창백하게 여위어 갔지만 의사는 무심했다 간호사의 희고 긴 손가락이 찬 란했다

네가 어떻게 찬란한 계절을 보내고 있는지 궁금하지 않았다

너는 내게 순간의 호흡이었으나 긴 시간의 숨 막힘이 기도 했다

메일을 열어보지 않는 것은 불길한 예감 때문이지만 링거액의 속도를 올리지 않았다

대학병원이 멀어지자 햇빛은 더 찬란했다

오래된 피가 궤도를 이탈하지 않으면
작은 바닷가에서 달빛의 순장을 볼 것이다

저 황홀한 은빛 침묵이 달빛이라니

해변의 무덤에서 나온 영혼들이 묘지 사이를 돌며 춤
춘다

묘지는 은박지의 빛나는 다면 반사다

영혼은 어디에 있어도 달빛을 입는다 순결한 영혼이
다 순결한 파도 소리는 해변의 해송 숲을 잠들지 못하
게 한다 밤새 수런거리는 해송 숲에는 별들의 입술이
남아 있다

해송 숲에서 어린 여자아이가 걸어 나온다 여자아이
는 작은 손을 모아 별들이 남긴 속삭임을 담아 걷는다
달빛이 소녀의 몸을 감싸서 오솔길로 이끈다

소녀의 종아리가 빛난다

달빛이 흐려진다 새벽이 가까이 온 것이다

오래된 피가 궤도를 이탈하지 않으면 작은 바닷가에서 달빛의 순장을 볼 것이다

생生

내 생은 오래되었다

너는 내게 다음 별을 말했지만 그 별에서도 나는 오래된 생으로 서 있을 것이다

오래되었다는 것은 죄악이란 뜻이다

나는 죄의 마음이다 죄의 내일이다 매일 죄의 아침을 맞는다

죄의 아침이라서 붉다 붉은 죄의 아침으로 시작되는 생이다

이 별에서 생의 무게를 감당하기에 버겁다

언약은 더 무거워 문장마다 나를 짓누르고 후회는 깊고 아뜩하다

멀어지는 발자국 소리를 듣는다

발자국 소리는 대륙을 건너 아련하게 들린다

연련戀戀戀戀

다음 생도 이미 폐허가 아닐까 네게 폐허였으니 연련
은 사치스런 봄날이다

폐허라는 말, 참 좋다 연련이라는 말은 더 좋다

이 두 말 사이의 간극을 나는 뛰어넘지 못한다 뛰어
넘을 수 없다 생각하면 아리다

잠깐 스치듯 지나간 시간들이다 스치듯 나눈 말들이
다 스친다는 말이 맞다

내 시는 고통스럽다 쓰기 전에 고통이고 쓴 후에 고
통이다

자미 새싹을 오래 본다

햇빛이 작은 잎 위에서 부서진다 바람은 작은 잎을
비껴 지나간다

자미 새싹은 먼 앞날을 생각한다 여름날의 찬란한 꽃
잎을 생각한다

고통이 멎는 시간이 올 것이다

연련이 낡아가는 시간이 올 것이다 그 시간을 견딜
것이다

쓴맛으로 아린 피맛으로

몸에 돋은 슬픈 잎들을 보내려고
강에 서 있다

강물은 흐르지 않았다

잎들은 무성하게 자라 숲이 되었다 숲은 나의 또 다른 슬픔이다 돌아갈 수 없는 슬픔이다 잎마다 바람의 길을 내고 바람을 보낸 기억을 새겨놓은 잎맥이 일어선다 잎맥 일어서는 소리가 쏴쏴 숲을 울린다

강물이 다투며 흐르는 것을 본다 상처 나지 않는 다툼이라 햇살이 물결 사이를 건너뛰며 정오를 향한다 시간은 강물에 얹혀 흘러간다 강물보다 빠르게 흘러간다

강물과 시간 사이를 건너 달맞이꽃이 핀다

몸에 돋은 슬픈 잎들을 보내려고 강에 서 있다

모든 몸에는 슬픈 잎들이 돋아 있다 아직도 강물에 흘러보내지 못한 잎들이다

몸에 돋은 슬픈 잎들은 뻐거나 말이거나 회한이다 그

것들이 몸을 이룬다

　　사람은 어디까지 순결할 수 있는지, 순결을 말하던
사람 떠나고 그 자리에 핏자국이 남았다

　　피가 순결할 수는 있겠다 싶다

달그림자

전생이라고 말하면 검은 잎들이 돋아나는 죽은 느티나무가 달그림자 속에 선다

달그림자를 본 것이 내 실수다

평생 달을 보지 않았던 내가 그날 달그림자를 보고 정신을 잃었다

전생을 보았던 것이다

붉은 달이 뜨고 붉은 달그림자가 세상을 붉게 덮었다

달이 세상을 이기는 순간이었다

붉은 달그림자가 일렁이는 바다에 거대한 성채를 지었다

생의 무늬들은
가슴에 난 흉터보다 선명하다

흔적은 영원한 역사다

모든 흔적에는 피가 흐른다 피는 살아 있고 죽어도
죽지 않는다

암각화는 수억 년을 숨 쉬는 것으로 살아 있는 것들
을 압도한다

영원한 것과 영원하지 않은 것의 경계를 넘나드는 것
으로 바람의 켜를 암각에 쌓는다

시는 내 암각이다 가슴은 거대한 암석이다 암각이 살
아가기에 더없이 좋은 곳이다

내가 나를 올려다보는 곳에 거암은 의연이다

암각을 시작한다 생의 무늬들이 칼끝에서 살아난다

칼끝이 지나가는 자리마다 피가 솟는다

가슴 속에서 구름을 살아 있게 하고 바람을 움직이게
하고 산맥을 흘러가게 한다

흐르다 멈추는 산맥들 어느 계곡에 영원한 내 안식처
가 있을 것이다

생의 무늬들은 가슴에 난 흉터보다 선명했다

낙조

대륙을 건너왔다 대륙의 웅장한 빗소리가 들려왔다

숲도 은밀한 순간이 있다 시나몬 향에 운명을 잊고 있을 때다

가슴에 꺼지지 않는 불을 담고 살았다

밤마다 재가 쌓였다 재는 계단을 이루었다

충혈된 눈으로 대륙을 건너며 다시 들을 수 없는 노래를 부른다

새빨간 불덩어리를 가슴에 담았다

복수초

얼음을 뚫고 올라온 미소다

노란 하늘 한 자락 펴고 솟아오른다

하늘은 금세 노랗게 변하며 물고 있던 산맥을 놓는다

첫 꽃의 설렘이 정월의 하늘을 기절시키다

환희

새벽 산자락이다

거미줄에 이슬이 수없이 매달렸다 이슬마다 나무들이 들어 있다 숲이 들어 있다 산맥이 들어 있다 바람이 들어 있다

바람은 방향을 바꾸지 않는다

피지 않은 꽃

너의 입술은 아직 피지 않은 꽃이다

장엄 혹은 영원

어디서 끝나는 건지, 너 알 수 있겠니?

두려움 없이 그 앞에 설 수 있겠니?

네가 쓰던 침대가 유적이 되는 순간을 견딜 수 있겠니?

사랑하는 사람의 숨소리를 잊을 수 있겠니?

숲의 오솔길로 낯선 바람이 지나가는 모습을 고통 없이 볼 수 있겠니?

목관의 바닥에 깔던 붉은 장미의 슬픔을 어디쯤서 잊을 수 있겠니?

매장의 기억으로 붉어진 흙의 기억을 지울 수 있겠니?

5

순야타Sunyata

세상은 공空이다
빈 것이다 아니다 꽉 찬 것이다 비어 있으나 충만한
것이다

내가 공空이다
마음은 비어 있지만 생각은 언제나, 어느 곳에서나
꽉 차 있다

진공묘유眞空妙有다

새가 빈 하늘을 난다 비어 있지 않으면 날 수 없다 빈
하늘을 꽉 채우고 있는 공기가 있다 새는 그 꽉 차 있는
공기의 힘으로 난다 비어 있으나 꽉 차 있는 그것이 생
명이다

만물의 근원이 공空이다

빈 채로 형상 없이 있는 저것이 충만한 것이라는 걸
깨닫기까지 얼마나 혹독한 세월이 있었는지 생각하면

아찔하다

　어질어질 이루어진 세상이다

　수없는 공空의 세상, 나는 공空이 아니다

진천

진천은 내 뼛속 깊이 박혀 있는 뿌리다

그 땅의 복판에서, 그 땅을 누리면서 〈크린 앤 미 피부과〉 젊은 의사는 하루 종일 레이저를 쏜다

그에게 얼굴은 우주다 몇 광년부터 몇억 광년을 날아야 닿을 수 있는 아득한 공간이다 멀미나는 공간에서 그는 레이저 우주선으로 별들의 얼굴을 여행한다

그가 내 얼굴을 순례하며 몇 개의 암석을 찾아 파괴한다 고통을 참아야 한다며 살 타는 냄새를 코로 밀어 넣는다

다비 의식이다

내 육신이 타는 불꽃을 내가 본다 의식은 장엄하고 경건하다

살을 태우고 나면 뼈가 탈 것이다 파란 불꽃이 일 것

이다

레이저는 살을 태우고 멈춘다

턱 밑은 뿌리가 깊다며 조직검사를 해보는 것이 좋겠
다지만 10년도 더 된 점이다

점 10년으로 뼈가 되지는 않는다는 게 내 생각이다

진천에 뼈를 묻는 일은 없을 거 같다

체다카Tzedakah

어느 대지에 그것이 있었던가

어느 하늘에 그것이 있었던가

감옥 속에 있었던가

무덤 속에 있었던가

내 안에 그것이 있었던가

파도는 체다카라고 외치며 달려와 쓰러진다

의로움으로 달빛을 가두고 별빛을 보낸다

바람은 체다카라고 외치며 준령을 넘는다

당신 안에 그것이 있었던가

당신의 심장 안에, 핏속에, 가슴속에, 눈빛 속에 있었던가

메타노이아 Metanoia

어느 숲을 볼 것인가

어느 하늘을 볼 것인가

현란한 말의 잔치로 미디어들이 성찬이다

권력을 잡는 순간 굴신은 사라지고 목이 곧은 걸 수
없이 보았다

노점상의 손을 잡으며 지지를 당부했던 간절한 눈빛
은 사라진다

사랑하는 국민들을 수없이 외쳤던 입은 굳게 닫힌다

지난날 많이 부족했다고 속죄하던 사람이 아니다

어느 별빛을 볼 것인가

어느 물결을 볼 것인가

모래바람

낙타가 타클라마칸 사막을 갑니다
여자를 태우고 갑니다
구름이 여자를 위로합니다
많은 남자를 낳은 여자여,
반달이 당신을 기억할 겁니다
모래바람이 멀리 돌아갈 거고
사막 뱀이 당신의 발뒤꿈치를 물지 않을 겁니다
구름은 상냥했고 낙타는 묵묵히 사막을 갑니다
오아시스는 멀고 아득하고
가죽 부대의 물은 바닥이 났습니다
여자는 자신의 유방을 꺼내 젖을 짭니다
젖은 달고, 아이의 울음은 들리지 않습니다
아극소 오아시스에서 자라 위구르 남자를 만났습니다
남자가 타클라마칸 어디에서 실종되었습니다
낙타만 오아시스로 돌아왔습니다
여자는 남자의 흰 뼈를 만나면
그 옆에서 모래바람 소리를 들으며
흰 뼈로 살아갈 것입니다
눈물 마른 볼에 모래 분진이 내려앉습니다

영원한 공간

찰나의 일이다
수많은 생각이 밀려오고 밀려갔다
그녀의 눈빛이 깊게 흔들렸다
멀리 있는 호수의 물소리가 들렸다
후박나무 흰 꽃이 피기 시작했다
바람이 지나가다 멈춰 섰다
그녀의 숨소리가 크게 들렸다
창문이 열렸다
그녀의 어깨가 잠시 출렁였다
단물이 차올랐다
난꽃이 열리기 시작했다
고양이가 창밖에서 길게 허리를 늘렸다
그녀의 체온이 건너왔다
장미가 붉은 욕정을 드러냈다
바람이 움직이기 시작했다
바람의 옷깃은 장미의 욕정을 스쳐 지나갔다
장미가 벙글었다
바람이 뒤돌아 웃었다
바람은 호수에 가 있었다

바람은 장미 가시에 찢긴 옷깃을 추스르며 미소 지었다
산그늘이 호수를 덮었다

카타콤Catacomb

주님을 영접한 영혼만이 갈 수 있는 곳이다

박해에 놓인 기독교인들은 그곳이 안전한 기도의 장소였다

순교한 시신을 옮겨오는 일은 쉽지 않았다

권력자들은 붉은 눈으로 순교의 피를 찾아 헤맸다

달빛은 죽은 자의 표정을 순수하고 선하게 만들어 주었다

유족은 울지 않았다

소천 의식은 간략했으나 엄숙했다

슬픈 빛은 성서의 행간에 묻었다

생전에 쓰던 성경을 가슴에 놓아주는 것으로 끝이었다

살이 먼저 바위틈으로 스며들었다

바위틈으로 파란 불꽃이 일었다

육탈 후 성경이 갈비뼈 위에 놓였다

갈비뼈가 달빛을 버리며 낡아갔다

뼈들이 검게 변해 바위틈으로 스며들었다

영혼이 창세기를 넘기며 많은 밤이 왔다

그런 밤이면 달빛이 지하무덤의 긴 터널을 채웠다

율려律呂

바람 소리를 들이고 파도 소리를 보낸다
물소리를 들이고 새소리를 보낸다
웃음소리를 들이고 울음소리를 보낸다
황종 지나 태주에 이르면 들인 것들이 보내지고
보낸 것들이 들여진다
율의 낮 음계는 밝게 빛난다
소리는 환하고 세상은 밝다
노래가 환해지고 사물들이 빛나기 시작한다
환한 세상 위로 보랏빛 어둠이 온다
대려에서 응종까지 올라가는 밤의 소리들이다
이별의 노래가 달빛 아래 흐른다
흐느끼는 발소리가 멀어진다
나뭇잎들은 잠이 들고 이슬이 내린다
이슬은 죽은 자들을 위한 숲의 눈물이다

산음山陰

산머루는 벌들의 혀끝으로 터졌다
과즙이 계곡에 넘쳐 흘렀다
과즙은 산의 몸 곳곳으로 흘렀다
계곡에 사람이 살았다는 것은 신화였다
사람이 살아서는 안 되는 성지였다
계곡에서 사람은 악마였다
계곡의 주인은 산그늘이었다
산그늘은 보이지 않게 계곡을 내려섰다
산맥이 허리를 산그늘에 얹었다
산머루가 산그늘 아래 누웠다
남자가 느린 걸음으로 산길을 내려간다
남자에게는 산머루가 흥미 없다
달빛으로 끓이는 건면의 맛이 궁금한 남자다
산그늘이 남자를 따라 산문까지다
남자는 뒤돌아본다
산머루 향이 밀려온다
남자는 휘이휘이 손을 흔든다
남자의 긴 그림자가 계곡의 물살에 부서진다

그가 악마였나?

있는 것은 있는 것이고
없는 것은 없는 것이다*

너무나 당연한 말
곰곰이 생각하면 당연하지 않은 말
있는 것은 없는 것이고 없는 것은 있는 것이 맞는 말
그러니까 차갑다는 뜨겁지 않다는 말
그러니까 어둡다는 밝지 않다는 말
무無는 불가능하다는 말
무無는 알 수도 없고 말할 수도 없다는 말
감각이란 우리를 속이는 것이라는 말
감각 가능한 존재는 환상이라는 말
존재하는 것이 미래에 존재하지 않는다는 말
생성이 무효가 된다는 말
소멸이라는 말을 해서는 안 된다는 말
사유와 사유의 대상일 동일하다는 말
존재가 없는 사유는 불가능하다는 말

*파르메니데스

두모 해변

무덤은 몽돌의 울음을 쌓는다
눈 오는 날의 울음은 더 낮고 더 깊게 쌓인다
몽돌의 울음을 보는 것은 검게 변한 뼈다

없는 귀로, 없는 눈으로
없는 생각으로, 없는 의식으로
없는 길로, 없는 오늘로

몽돌에게 울음을 가르친 것은 파도의 긴 혀다

저 높은 산
저 너른 들판
저 하염없는 길들

두모 해변으로 모여든다 모여들어 얼싸안는다

몽돌을 걷는 사람들이 있다
고개를 숙이고 속죄하는 것처럼 걷는 사람들이 있다

고뇌에 찬 표정의 사람들이다
몽돌 위를 다 걷고 나면 고뇌가 사라지고 몽돌이 된다

별빛이 뛰어내릴 준비를 한다

밤은 깊어지고 해변은 무덤처럼 고요하다
바람도 숲도 은하수도 바다도 생각에 잠겨 고요하다
생각은 고요하지 못하고 날뛴다
날뛰는 생각이 노래가 된다
생각 속에 오래된 송가를 기억한다

여름날의 뜨거웠던 포옹과 길고 아름다웠던 입맞춤
과 몸이 먼저 젖어오던 순간의 혼미와 일어서려고 발버
둥 치던 뜨거운 마음을 이제는 만날 수 없다

부드러운 어둠은 안식이다
별들은 서로의 희미한 빛을 약속으로 맞는다
약속을 위해 새벽까지 숨차게 깜박인다
수억 광년을 기다려 약속의 빛을 만나는 별들은

잠을 이루지 못한다
새벽까지 머뭇거리는 별들이다

몽돌의 수가 늘어나는 것은 별들을 닮아서다
별만큼 몽돌을 두모 해변에 펼치기 위해 밤바다는 않
는다

세상에서 가장 고요한 곳, 그곳으로 갈 것이다
그곳에는 영혼들의 눈동자가 별만큼 있을 것이다

영혼들은 서로 그윽하게 바라본다

두모 해변에 별만큼 영혼만큼 몽돌의 속삭임이 있다

기도

우리들은 두렵다

우리들의 병이 두렵고 우리들의 희미한 미소가 두렵다 병실의 흰 벽이 두렵고 1인 병실의 침묵이 두렵다 죽음의 예감이 두렵고 임종의 순간이 두렵다 제발 살아서 복수하자 살아서 숲에게, 별들에게, 달빛에게, 침묵에게 복수하자

기도는 하늘에 닿지 않을 것을 안다

세상이 바뀌고 한탄과 신음이 도시마다 흐른다

선택의 고통을 몰랐다면 허망한 선택이다 세상은 언제나 한 끗 차이로 돌아간다 한 끗의 중요성을 뼈저리게 느낀다

아침 식탁은 우울하다

미친

본다

슬픔을 본다 아픔을 본다 처절한 통곡을 본다 열차에
구겨져 오르는 처참한 표정을 본다 눈빛을 본다 재가
되는 가슴을 본다 용병들의 살의를 본다 찢겨 펄럭이는
커튼을 본다 아이의 붉은 목젖을 본다

미친 짓이다
묵묵한 대지를, 청명한 하늘을 찢어 놓는다
사악한, 패역한, 악랄한 욕망이 역사를 더럽힌다

아파트가 무너져 내리고 어린아이는 죽은 엄마 곁에
서 운다

그 사내를
그 사내의 나라를

미친

시간의 그늘이 가슴에 눕는다

너와 〈택시운전사〉를 보았던 극장에는 가지 않는다

외국인과는 합승하지 않는다 크림 맥주를 마셨던 맥주 집에는 가지 않는다 키스가 뜨거웠던 야외 에스컬레이터는 타지 않는다

눈빛이 타올랐던 카페

독백이 나를 꿈꾸게 한다 백일몽이 나를 나이게 한다 몽혼이 나를 사랑하게 한다

홀로인 것, 외로운 것, 쓸쓸한 것, 실패한 것, 절망한 것, 좌절한 것, 돌아선 것, 어둠으로 사라진 것들이 나를 나이게 한다

너의 입술을 죄의 호수 속으로 끌고 가는 보이지 않는 힘은 모른다

시간의 그늘이 가슴에 눕는다

펜툰테스Penthoun-tes

그녀가 오지로 떠나던 날

나는 그녀 바로 보지 못했다 몇 년이나 머물게 되는 지를 묻지 못했다 아무것도 생각나지 않았다 그녀 떠나고 며칠 지나서부터 숨 쉬는 일이 고통이었다

서산에 걸린 붉은 구름이 나를 비웃었다 전나무 숲이 나를 비웃었다 돌아오는 길이 나를 비웃었다 나는 비참했다 비참한 속에서

슬픔은 바다같이 깊었다 바다였다 바다는 밤에 침실로 밀려들었다

헛된 것에 생각을 소모하는 하루하루가 계속되었다

그렇게 살아온 몇 년이다

세바스티앙 살가도의 흑백 사진

수천 마리의 개미 떼다

개미 떼는 까마득한 산을 오른다

클로즈업하면 사내들의 등이다 남루한 노동복 바지를 겨우 걸친 사내들이 맨살의 등을 드러낸 채 엎드려 산을 오르고 있다 세라 페라다 금광의 노동자들은 하루에 60번씩 채굴한 금광석 자루를 어깨에 메고 내려온다 유일한 생계다

생계는 눈물이고 한숨이지만 목숨이 더 소중하다

사다리에서 삐끗하면 목숨이 달아난다 위험천만, 그들에게 산다는 건 위험천만한 일이다 감시병의 총구는 언제 불을 뿜어 비명을 산비탈에 묻을지 모른다 공포 속에 후들거리는 다리를 옮긴다

눈은 붉게 충혈되어 있다 누가 더 무거운 금광석 자루를 메고 내려오는지를 훔쳐보는 눈들이다 살의가 번

득이는 눈들이다 금광석 자루를 욕심껏 메었다 놓치는
날이면 몇 명의 노동자가 사다리에서 떨어져 비명횡사
할지 모르는 위태로운 노동은 매일 계속된다

　　까마득한 삶이다 까마득한 목숨이다 까마득한 아내
와 까마득한 아이들의 눈동자들이다

　　수천 마리의 개미로, 벌거벗은 등으로

꽃눈

계절을 기다리는 것들은 꿈이 있다

꿈은 꽃눈이 되거나 뿌리가 되거나 잎이 된다

꽃눈을 가질 수 없는 나이에 이르렀다

뿌리는 힘을 잃었고 잎이 될 눈은 겨울을 견디지 못한다

전나무 숲은 고요하고 나보다 먼저 흰 눈을 헤치고 달려간 짐승의 발자국이 깊다

사람이 두려웠던 시절이 계속되었다

익명의 눈동자들을 지나치며 애매한 웃음을 흘렸던 시간은 느리고 힘겨웠다

눈빛 속에 꽃눈 하나씩을 키우고 있는 사람들이었다

오미자나무를 심다

텃밭에 오미자나무를 심었다

달고 시고 쓰고 짜고 매운 맛을 가진 열매가 오미자다

오미자가 어떻게 인생의 모든 맛을 가지게 되었을까를 생각한다

처음은 언제나 달았다 다디단 시간이 지나면 시고 떫어진다 모든 사랑이 그랬다

내 안에 오만가지 생각을 오미로 정리한다

오미자 열매를 생각하며 이 봄에 결실주 여섯 주와 2년생 열 주를 심었다

결실주는 가을쯤 달고 시고 쓰고 짜고 매운 맛을 달아 줄 것이다

그때쯤 나는 성숙해 있을지도 모른다

침묵이 두려워진다

내가 나 아닐 때 폭력이다

미움이 미움인 줄 모를 때 폭력이다

저기 달려오는 검은 구름 떼, 폭력이다

번개, 대지를 가르고 장렬하게 소멸될 운명을 모르는
폭력이다

그 후, 침묵이 폭력이다

침묵은 죽음 같은 두려움이다

미선이 떠난다

미선이 떠난다

아름다운 자태를 거두어 떠난다

벌써 열흘이었던 거다

열흘이면 모든 것들을 끝낼 수 있는 시간이다

향기를 바람에 실어 차령으로 보내는 일과 잎눈을 틔워 봄맞이를 하는 일과 가지 끝까지 수액을 밀어 올리는 일을 끝내고 잠시 휴식에 들어 색깔이 변하는 하얀 몸 빛깔을 애처롭게 바라보는 어제오늘이다

열흘이면 얼마나 많은 일들이 일어나는지 알고 있다

미선나무 흰 꽃을 연모한 죄가 이처럼 무겁다

열흘을 울고 열흘을 뒤돌아서 있어야 한다

미선을 위해서라면 스무날도 길지 않다

미선이 드디어

시는 닿고자 하는 것 너머를 응시한다

시는 닿고자 하는 것 너머를 응시한다

현대 시는 마법적 가치와 혁명적 소망이라는 양극 사이를 왕복한다. 마법적 가치에 대한 긍정이 상상력의 시 세계를 완성하고 혁명적 소망이 역사의식의 시 세계를 완성한다. 그러나 이 양극은 서로 회통하므로 하나이다. 시인은 두 양극을 한 시편에 넣기도 하며 다른 시편으로 보여주기도 한다.

시인의 이러한 양극적 운동은 인간의 조건에 대한 인간의 반역으로 보아야 한다. 어느 쪽이든 규범 지향과 가치 지향과 윤리 지향으로 대변되는 상식적 인간의 한계를 뛰어넘는 것이다.

마법적 가치에 대한 긍정은 영감에 대한 믿음에서 온다. 영감은 신의 숨결이 불어 넣어진 것이라는 의미이며 들숨이라는 뜻이고 예측하거나 기획되지 않은 것들과의 조우를 말한다. 시인의 상상력은 유한을 넘어선다. 시인의 언어적 운산 너머에 있는 들숨의 체험이 시인 것이다. 시인은 무엇으로든 상처받은 자이다. 상처의 원초적 치유는 주술이며 들숨이다. 이러한 치유 과정은 감각적 영역 바깥을 바라보게 하며 영원한 구원을 향하게 한다. 시를 통한 구원은 사회적 좌표 속에 있어야 한다는 것을 잊지 말아야 한다.

모리스 메를로퐁티는 '우리의 몸은 거대한 다이아몬드의 흠집과 같다'고 말한다. 여기서 흠집이란 인간으로서의 불량품이라는 뜻이며 스캔들을 가진 인간이라는 의미고 인간으로서 불가결한 빈틈을 가지고 있다는 뼈아픈 통찰이다. 그러므로 흠집은 세계와 나 사이의 빈틈이며 착각의 불가결이기도 하다.

시인은 세계를 눈이라는 빈틈으로 읽을 수밖에 없다. 눈이 어째서 빈틈인가는 설명을 필요로 하지 않는다. 우리들의 운명적 선택이 얼마나 후회막급이었는가를 생각하면 내 눈을 내가 찌르고 싶었던 회한은 새삼스러운 게 아니다. 시가 신체로부터 시작되는 것은 틀리지 않는 말이지만 이 말이 시인을 절망케 할 수도 있다. 시는 결국 착각의 미학이며 흠집이 이루어 내는 투명한 결정체라고 정의할 수 있을 것이다.

우리들의 눈은 신처럼 세상을 조감하지 못한다. 중국 송북 시대의 유명한 화가 장택단의 〈청명상하도淸明上河圖〉라는 두루마리 그림은 북송의 수도였던 카이

펑의 청명절 풍경을 그린 그림인데 너무 길어 한눈에 들어오지 않는다. 카이펑의 풍물을 여러 각도의 시각으로 그린 그림이다. 이와 같은 큐비즘적 화풍은 세잔에게서 처음 시도되었다. 세잔은 같은 장소를 여러 각도에서 그렸다. 세잔의 큐비즘적 시각은 시인이 사물을 보는 시각과 닮았다. 시인은 한 사물을 다른 각도에서 접근해 본질을 꿰뚫어 보려는 수단으로 상상력이라는 정신적 도구를 사용한다. 어느 각도에서 보든 보이는 것이 보인다면 보이는 그것은 그 사물의 본질로 시인이 그 사물의 본질을 꿰뚫은 것이 된다.

이때 본다는 것은 시인이 사물을 보는 것이라기보다 사물이 시인을 본다는 것이 더 적확한 표현일 것이다. 화가 앙드레 마르시앙은 '숲속에서 나는 숲을 바라보고 있는 것은 내가 아니었다는 것을 느끼곤 했다. 어느 날 나는 나를 바라보며 나에게 말을 걸어오는 것은 바로 나무들이라고 느꼈다. 나는 화가란 우주에 의해 꿰뚫린 자임에 틀림없다고 믿는다'고 말한다. 이러한 생각은 피그말리온과 갈라테이아의 신화에 닿는다.

시인의 마법적 가치에 대한 무한 긍정은 몸의 상처인 눈으로 만나는 사물과의 조우에서 시작되는 것이며 사물이 시인에게 혹은 바깥의 세상이 시인에게 말을 걸어오는 순간에 빛나는 시문 혹은 이미지가 섬광처럼 오는 것이다. 시인은 우주에 의해 꿰뚫린 자이다.

시인의 상상력은 말과 사물을 향해 꿈꾸게 한다. 말과 사물이 하나이기를 소망하는 것이다. 말과 사물이 서로 독립적으로 존재할 때 시인은 갈등하며 혼란스러워한다. 이는 존재와 존재자의 문제이며 사물의 본질과 그 본질을 드러내는 언어의 문제이다. 말과 사물, 이름과 이름이 붙여진 것 사이의 융합은 그보다 먼저 시인이 자기 자신과 세계와의 화해를 요구한다. 그 화해의 매개가 상상력이며 마법적 가치이다.

　혁명적 소망은 말의 교란에서 태어난다. 역사이든 개인사이든 그 압박에서 자유로워지는 길은 의식과 의식에 따라 역사를 해명해 온 용어를 부수는 일이다. 용어를 부수는 일은 말의 파괴이며 인식의 재탈출이고 의식의 새로운 깊이다. 다시 말하면 역사적 실존이 의식을 결정하는 것이 아니라 의식이 역사적 실존을 결정한다는 말이다. 따라서 혁명적 시도는 소외된 의식의 회복으로 나타나며 세계에 대한 진정한 의식을 갖는 데서 시작된다.

　헤겔이 '이성적인 것이 현실적인 것이며 현실적인 것이 이성적인 것이다'라고 말해 좌파와 우파의 아전인수식의 논란을 불러일으킨 담론이었던 것을 기억할 것이다. 좌파에서는 이성적인 것이 현실적인 것이란 인간의 사유가 언제라도 현실로 전환될 수 있다는 것으로, 마르크스의 이론을 실천으로 이끌어내는 강력한 동기가 되었던 것이다. 그런가 하면 우파에게는 현실적인 것이 이성적인 것이란 현실에 존재하는 모든 것이 그 자체로 이성적 사유의 결론이라는 해석을 가지고 현실을 정당화하는 논거를 마련해 주었던 것이다. 어느 편에 서든 현실은 비이성적인 탐욕의 결과이거나 반이성적인 폭력으로 은폐된 허위의 현실에서 꿈꾸며 절망하며 사랑하며 증오하며 살아가고 있는 삶의 현장인 것이다. 그러나 안타깝게도 대중들은 허위와 위선에 분노하지 못했다. '진리가 우리를 자유케 하리라'라는 잠언에 몸을 떨었지만 이제는 진리가 우리를 고통스럽게 한다는 것을 알아버린 것이다. 그렇다고 모두가 침묵한 것은 아니다.

시인은 진리가 우리를 고통스럽게 하리라는 것을 알면서도 고통에 기꺼이 온몸을 바친다. 그러고는 존재하는 현실로부터 존재해야 하는 이성적인 것들을 이끌어내는 것이다. 현상을 통해 현상의 이면에 숨죽이며 떨고 있는 본질을 드러내는 사유의 힘이 혁명적 소망을 향한 시각이다.

세상의 모든 시편은 시인의 창조적 의지가 개입되어 있다. 창조적 의지 없이 탄생된 시편은 없는 것이다. 예컨대 자동기술법도 자동기술이라는 의지가 개입된 것이며 무의미 시도 무의미라는 의지가 개입된 것이다.

아무리 우리말이 역동적이라 하더라도 말 자신이 시를 이루어 가지는 못한다. 이 말은 시적 창조를 언어의 역동적 기능에만 맡길 수는 없다는 말이기도 하며 알파고가 시를 쓸 수 없는 이유이기도 하다. 말은 시인에 의해 호명되었을 때 역동적인 모습으로 치환되는 것이며 말의 의미가 증폭되는 것이다.

시어들은 따지고 보면 가공되지 않은 질료들이다. 진정한 의미는 질료 속에 숨어 있으며 시인에 의해 의미가 채굴되는 것이다. 그럼에도 불구하고 시편들은 의미나 메시지나 시 정신이 마멸된 것처럼 흐려 보여 잘 판독되지 않는 로블떼라시옹l'oblite'ration이라 할 수밖에 없다. 이 판독되지 않는 혹은 가공되지 않은 질료의 원형은 시편 안에서 완성된 세계에 머물지 않게 하는 시선의 확장을 의미한다. 이때의 시선이야말로 무한한 가능성으로 나갈 수 있는 구원의 빛인 것이다.

시에서의 우상은 우리의 시선을 감각 속에 머물게 하지만 표상은 우리의 시선을 감각의 세계를 지나 무한한 곳으로 이끈다. 시편이 모든 것을 다 드러내고 있으면 우상에 사로잡힌 것이다. 우상은 시편의 여러 곳에서 출몰한다. 좋아하는 시인의 어법과 문장 답습, 고전이 된 작품의 영향, 대중적인 인기 영합, 상투성과의 타협, 시대정신과 역사의식의 실종, 매명과 명예의 추구, 권

력과의 야합, 본질 추구의 포기, 미사여구美辭麗句와 교언영색巧言令色 등은 우상의 전형이다. 무엇보다 큰 우상은 자기 자신임을 깨달아야 한다. 자신과 싸워야 한다는 말은 자신이 세운 자기 안의 성전을 부수라는 뜻이고 그 성전 안에 강고하게 군림하고 있는 자신이라는 우상을 파괴하라는 강력한 메시지다.

채굴되지 않았거나 본질이 마멸된 것처럼 보여서 판독되지 못한 원형 질료를 가지고 있으면 우상 너머 표상의 공간을 확보한 시편인 것이다. 그러므로 시편의 완성도는 우리의 시선을 감각 속에 머물게 하는가 아니면 무한한 곳으로 이끄는가의 문제에 다름 아니다.

로랑 바르트의 사진 개념 중에 스투디움studium과 푼크툼punctum이 있다. 스투디움은 사진 작품을 감상할 때 작가의 의도를 관객이 동일하게 느끼는 것을 말한다. 예컨대 종군기자의 보도 사진처럼 숨겨진 그림이 없는 작품이다. 우상에 들린 시가 여기에 속한다. 시편의 울림이 밖을 행해 여운처럼 혹은 반향처럼 울려 퍼지지 못하고 시 안을 맴돌다 스러진다. 푼크툼은 작가의 작의와는 상관없이 관객이 자신의 경험에 비추어 작품 속에서 의미를 이끌어 낸다. 표상을 가진 시가 여기에 속한다. 이것이 울림이다.

바슐라르는 시적 반향과 시적 울림을 구분한다.

'반향은 세계 안에서 우리들의 삶을 여러 상이한 측

면으로 흩어지게 하는 반면 울림은 우리들로 하여금 우리들 자신의 존재를 심화에 이르게 한다. 반향 속에서 우리들이 시를 듣는다면 울림 속에서 우리들은 우리들 자신의 시를 말한다. 그때의 시는 우리들 자신의 것이기 때문이다.'

표상의 시편들은 미적 감동 속에서 갖게 되는 놀라운 체험이며 스스로 새로워진 것 같은 고양 감정으로 존재의 전환을 느끼게 한다.

내가 너를 사랑한다 고백했던 말은
김윤배 시집

발행일
초판 1쇄   2023년 10월 15일

지은이   ● 김윤배
펴낸이   ● 김종해
펴낸곳   ● 문학세계사
출판등록   ● 1979. 5. 16. 제21-108호

주소   ● 서울시 마포구 신수로 59-1(04087)
대표전화   ● 02-702-1800
팩스   ● 02-702-0084
이메일   ● munse_books@naver.com
홈페이지   ● www.msp21.co.kr

ISBN 979-11-93001-31-8   03810